Para Marc, Adriel y Yuna.
— Susanna Isern

A Yago, le mando mi correspondencia allá donde se halle.
— Daniel Montero Galán

Cartas en el bosque
© 2016 del texto: Susanna Isern
© 2016 de las ilustraciones: Daniel Montero Galán
© 2016 Cuento de Luz SL
Calle Claveles, 10 | Urb. Monteclaro | Pozuelo de Alarcón | 28223 | Madrid | Spain
www.cuentodeluz.com
ISBN: 978-84-16147-94-6
Impreso en PRC por Shanghai Chenxi Printing Co. Ltd., junio de 2016, tirada número 1578-6

CUENTO
DE LUZ

PAPEL de
PIEDRA
SIN ÁRBOLES · SIN AGUA · SIN CLORO

Cartas
en el
bosque

Susanna Isern

Daniel Montero Galán

Todas las mañanas, muy temprano, el viejo cartero sale de casa
con el zurrón lleno. Sube a la bicicleta y empieza su camino.

El cartero va de puerta en puerta,
toca el timbre y solo dice tres palabras.

—Ardilla, carta va.

Las susurra tan bajito que ni siquiera
él puede oírlas.

—Erizo, carta va.

Querida Ardilla,

Disculpa el pinchazo que ayer
te di en el mercado sin querer.
Para compensarte te invito a cenar.
Te espero a las ocho. Ruego puntualidad.

—Erizo

Estimado Erizo,

Ayer me pinchó usted.

Pero no se preocupe, sé que fue sin querer.

Si me invita a cenar, podríamos charlar.

Voy a venir a las ocho, no se hable más.

   —Ardilla

A veces los vecinos del bosque le ofrecen un café. Pero el cartero dice que no con gesto tímido y, rápidamente, desaparece tras el polvo de su bicicleta.

—Lirón, carta va.

Disculpa Lirón,

Hasta el día de ayer no me di cuenta de que estoy picando junto a tu madriguera. Con lo que te gusta el reposo mejor me busco otro tronco.

—Pájaro Carpintero

Nunca se baja de ella.

—**Carpintero, carta va.**

Apreciado Pájaro Carpintero,

El árbol donde empezaste a picar
está junto a mi matorral.
Ahora no puedo dormir apenas.
¿Podrías trasladarte a otra arboleda?

—Lirón

Los animales lo ven todos los días recorrer el bosque mientras pedalea. Pero prácticamente no saben nada de él.

—**Mariposas, carta va.**

En realidad el cartero es un auténtico desconocido.

—**Tortuga, carta va.**

Bonitas Mariposas,

Hay sitio de sobra en mi caparazón
para que toméis tranquilamente el sol.
Y si empezara a llover...
podríais pasar dentro a tomar un té.

—Tortuga

Sabia Tortuga,

Nos encantaría visitarte,

rodearte de alas y darte aire.

Posarnos y adornar tu caparazón.

Escuchar tus historias mientras tomamos el sol.

—Mariposas

Algunos aseguran que por alguna razón el cartero está triste y que por eso es tan callado.

　　—**Oso, carta va.**

Pero quién sabe, nunca nadie le preguntó.

　　—**Conejo, carta va.**

Y así, durante todo el día, el viejo cartero
reparte cartas por el bosque. Visita al
lobo, al ciervo, a las ranas, a la marmota,
al zorro, a la mofeta, a los peces del río...

Al anochecer, con el zurrón vacío
y muy cansado, regresa a casa.

Todas las noches el viejo cartero se
sienta a la luz de una vela y escribe
cartas. Las cartas que va a repartir
al día siguiente: citas, invitaciones,
disculpas, planes divertidos,
mensajes de amor...

Escribe y escribe hasta que, agotado,
se queda profundamente dormido
sobre su máquina de escribir.

Un día, cuando el cartero está terminando de repartir todas las cartas, ocurre algo asombroso. La última lleva su nombre y su dirección escritos en el sobre.

¡Es una carta para él!

El cartero regresa a casa muy nervioso.
Es la primera vez que recibe una carta.
Cuando llega la introduce en el buzón y
solo dice tres palabras:

—**Cartero, carta va.**

Después abre el buzón, toma la carta y
entra a casa.

Amigo cartero,

Hace ya mucho tiempo que tus cartas llenan
nuestros días de ilusión y alegría.
Ahora por fin descubrimos tu secreto y
queremos darte las gracias por tantos buenos
momentos. Pero, sobre todo, queremos decirte
que estamos deseando compartir nuestra alegría
contigo.

        —Los animales del bosque

El viejo cartero tiene un fuerte nudo en la garganta
y sus ojos se llenan de lágrimas.

De repente, suena el timbre. Su sonido está
oxidado, también es la primera vez que alguien
llama a su puerta.

Finalmente se arma de valor y la abre.

Fuera lo esperan todos los animales.
Al verlo, se abalanzan sobre él.

El viejo cartero sonríe colorado
entre abrazos y halagos. Y mientras
tanto ya está tramando las cartas
que va a escribir de noche…